KB091873

잊지 못할 그리움 하나

김수용 시집

시음사
시사랑 음악사랑

본문
시낭송
감상하기

QR 코드 스마트폰으로 QR 코드를 스캔하면
시낭송을 감상할 수 있습니다.

 제목 : 잊지 못할 그리움 하나
시낭송 : 박영애

 제목 : 북성포구에서
시낭송 : 박영애

 제목 : 망각의 삶 속에서
시낭송 : 박영애

 제목 : 숲 속으로 달려간다
시낭송 : 박영애

 제목 : 사는 게 다 그런 거라고
시낭송 : 박영애

 제목 : 춘몽
시낭송 : 박영애

 제목 : 꽃창포 첫사랑
시낭송 : 박영애

 제목 : 홀로 된다는 것
시낭송 : 박영애

 제목 : 복수초
시낭송 : 박영애

시인은 자연을 이야기하고
시낭송가는 자연을 품었다.
글자는 날개를 달아 언어로 날고
소리는 자연에 눕는다.

시인의 말

글쟁이는 글을 통하여 현대인의
메말라가는 감성에 활력소가
되어야 한다는 생각이다

때문에 시를 접하는 누구든지
감성을 느낄 수 있는 시를 쓰려고
노력해 왔다

감성이 살아나야 사랑하는 마음도
풍부해지기 때문이다

코로나19로 어려운 시기에
나의 시가 독자들에게 다소나마
마음의 위안이 되었으면 하는
작은 마음을 담아
세상 밖으로 내어놓는다

2021. 2. 15 미추홀에서
시인 김수용

☆ 목차 ☆

☆ 목차 ☆

☆ 목차 ☆

☆ 목차 ☆

잊지 못할 그리움 하나

잊지 못할 그리움 하나
메마른 가슴에
잠시 숨겨 놓았습니다

외로움에 울고 있는
초라한 나목은
쓸쓸한 삶을 움켜쥔 채

그냥 그렇게
봄을 기다립니다

미련 많은 잔설 속에
짝 잃은 동박새는
속절없이 울어대고

화사한 봄의 향연은
그리움 속에
떠나고 말았습니다

늘어가는 흰머리 속에
애틋한 그리움마저
덧없는 세월에 묻혀
중년의 고독으로 다가서니

그저 빗장 걸어 놓은 채
메마른 가슴에
잠시 숨겨 놓으렵니다

잊지 못할 그리움 하나

제목 : 잊지 못할 그리움 하나
시낭송 : 박영애
스마트폰으로 QR 코드를 스캔하면
시낭송을 감상할 수 있습니다.

향수(鄉愁)

앞마당 감나무 끝자락에
휘영청 둥근달 걸쳐 잠들고
반쯤 열린 사립문
바람결에 흐느적거릴 때

창살 너머로 들려오는
뚝딱뚝딱, 토닥토닥
다듬이질 장단 소리에는
한 서린 엄마의 설움과 질곡이
묻어 나오곤 하였다

하얀 눈 내리는 밤
길게 늘어선 담장을 따라
알 수 없는 슬픔이 밀려오던
엄마의 다듬이질 소리

한 살 두 살 나이를 먹을수록
굽이굽이 실개천이 흐르던 마을
엄마의 다듬이질 소리가
더욱 그리워진다

오늘처럼 향수(鄕愁)가 몰려오는
스산한 겨울밤에는

소래습지, 낭만을 노래한다

소염교 지나서
소래습지 가는 길

길게 뻗은 갯벌 따라
짝 잃은 도요새 한 마리
물가에서 울고 있고

고즈넉한 갈대숲 속엔
적막감만 흐르는데

멈춰버린 배, 텅 빈 바닷가
묻혀버린 고독에
바람마저 삼켜버린 풍차

떠나간 파도 기다리는
해당화 꽃 향기 가득하니

석양에 붉게 물든 소래습지,
낭만을 노래한다

선미도의 밤

서쪽 먼바다
홀로 외로이 떠 있는
작은 섬 하나

밀려오는 파도에
섬은 점점
멀어져만 가고

적막한 바닷길의
듬직한 불침번 하얀 등대
고독을 노래하는데

화사한 기생초 위에
구슬픈
풀벌레 울음소리
숲의 적막을 깨울 때

시들은 태양의 열기
깊어가는
선미도의 밤

그런 사람이 있습니다

엄마의 품속만큼이나
따스한 사람이 있습니다

언제나 부드러운 손길로
살며시 다가와
내 마음속에 스며드는
따스한 사람이 있습니다

내가 힘겨워할 때
은은한 꽃향기로 다가와
내 가슴속 깊이 머무는
그런 사람이 있습니다

만나면 만날수록
가슴 진한 여운으로
살포시 머물다 사라지는
아침 이슬 같은 사람입니다

비가 내리는 날이면
언제나 우산이 되어주는 사람
그 사람을 사랑합니다

만리포 연가1

하얀 눈 내리는 만리포 바닷가
그녀와 거닐던 백사장

사나운 파도가 몰아친 후
사랑했던 사람은 소식이 없었다

먹이를 찾는 한 무리의 갈매기
몰아치는 겨울바람 때문인가

허공을 향한 날갯짓마저
힘겨워 보이고
텅 빈 주막엔 적막감만 흐르는데

그해 겨울
눈보라 치는 만리포는
쓸쓸히 저물어갔다

가을이 가고, 겨울이 오고
또다시 만리포 바닷가에
눈이 내린다

15

만리포 연가2

노을빛 붉게 물든 만리포 바닷가
드넓은 갯벌 위에 펼쳐진
사랑의 흔적은

비 온 뒤에 펼쳐진 역동적인 노을빛에
붉게 물든다

저무는 노을 속에 포구에 몰려든
한 무리의 갈매기
먹이를 찾아 이리저리 헤매다가
점점 지쳐만 가고

만리포의 노을은
아쉬움만 가득 안은 채
그렇게 쓸쓸히 사라져가는데

빛바랜 노을 속에 아련하게
떠오르는 영상

가슴 시린 너와 나의
사랑 이야기

세월이 가면

세월이 가면
그대 잊을까 두려워
푸른 바다 위에
당신의 영상 펼쳐보고

세월이 가면
그대 미워질까 두려워
함께 부른 사랑노래
소리 내어 불러보았네

싸한 추억 속에 투영되는
사랑했던 순간들

희미한 기억의 저편으로
결국 사라지고 말 거야
망각의 삶 속에서

북성포구에서

한차례 소나기가 지나간
끈적한 북성포구

설레임 속에 맞이한 포구의 노을은
역동적인 구름과 어우러져
환상 속 노을빛을 포구로 쏟아낸다

새벽녘 고기잡이 나간 배는
갈매기 친구 삼아 줄지어 돌아오고

갓 도착한 배 위에서 펼쳐지는
시끌 버끌 파시의 열기 속에
아낙네의 목청은 높아만 가는데

정든 포구 떠나야 하는
어부의 한숨은 깊어만 간다

서쪽에서 불어오는 갯바람은
오늘도 잊지 않고 얼굴을 스쳐 지나고

수백 척 드나들던 포구의 옛 모습은

찾을 길 없으니

떠나간 배는 포구의 정을 잊었나 보다

해마다 반겨주는 바닷가 해당화는

추억을 노래하며 피어있건만

할머니 눈가의 주름은

무심한 세월 속에 깊어만 가니

내가 찾은 포구는

더 이상 낭만을 노래하지 않는다

제목 : 북성포구에서
시낭송 : 박영애

스마트폰으로 QR 코드를 스캔하면
시낭송을 감상할 수 있습니다.

찔레꽃 필 무렵

솔숲 돌담길 사이로
연분홍 찔레꽃 필 무렵에
돌아온다던 당신

하루하루 기다림 속에
화사했던 꽃마저
바람결에 하나둘 떨어지고

달빛 아래 어린 꽃향기가
너무도 슬프고 서러워
기나긴 밤
하염없이 눈물만 흘리니

행여나 무심한 당신
오늘 밤 내게 돌아온다면
애가타 흐르고 넘친 눈물
어디에 숨겨야 하나

마른 꽃

가을이 오면
마음속에 숨겨둔 수줍은 꿈은
푸른 하늘 나비가 되어
세상 속으로 힘차게 날아오르고

떠난 임을 향한 그리움은
애절한 마른 꽃이 되어
못다 한 사랑으로 환생한다

사랑과 이별 그리움 속에
가을이 가고, 또다시 겨울이 오면
당신을 닮은 화사했던 낙엽은
하나둘 시들어 떨어지겠지

차가운 겨울바람이
회색 바바리 깃을 스칠 때,
기다림에 지친 삶의 꽃도
결국 마른 꽃이 되고 말 거야

애달픈 사랑을 간직한 채

옛 추억

숯보다도 검었던 머리에는
어느새 하얀 눈이 소복이 쌓였고

흰쌀밥 위에 고등어 한 점은
주름진 손가락 위에서
이리저리 춤을 추고 있다

냇가에서 물장구치며 뛰놀던
개구쟁이 어린 시절
뒷산으로 어둑어둑 해가 넘어갈 때면

어김없이 소나무 숲길 가로질러
터벅터벅 걸어오시던 어머니

그날도 여느 때와 다름없이
머리 위엔 땔감 한가득
굽은 손가락 마디엔 고등어 한 마리가
달랑달랑 매달려 있었다

거무스레한 보리밥 위에
가시 발라 얹어 주시던
어머니의 사랑 잊지 못하고

흔들리는 숟가락 위에
고등어 한점 올려드린다

아스라이 사라져 간
옛 추억을 회상하면서

망각의 삶 속에서

물안개 자욱한 이른 새벽
밤새 흐느껴 울던
회색 가을비 떠나려 할 때

미련만 남기고 떠난 갈바람
홀연히 다시 찾아와
마지막 남은 나뭇잎마저
서글프게 떠나보낸다

화려했던 그 시절은
차가운 서리에 사라지고
앙상한 가지만 남겨져 버린
초라한 너의 모습

마지막 잎새마저 떨어지고
가을이 저물어가니
너와의 멋진 사랑이 잊혀진다 해도

사람들은 그저 말하겠지
가을이 가면 겨울이 온다고
망각의 삶 속에서

제목 : 망각의 삶 속에서
시낭송 : 박영애
스마트폰으로 QR 코드를 스캔하면
시낭송을 감상할 수 있습니다.

24

민들레의 향연

꺼질 수 없었던 꿈
고독한 영겁의 세월이여

흔들림 없는 곧은 절개
한 조각의 붉은 마음으로
승화하였으니

혹한의 추위에도 살아남은
강인한 그 생명력에
이 나라의 민초라 불리었구나!

청초한 푸른 잎 사이로
곱게 뻗은 꽃줄기는
홍조 띤 꽃망울과 어우러져
소담스레 펼치는 민들레의 향연

범접할 수 없는 순백의 깃털
살포시 불어 날려 보내니
남겨진 미련 때문인가
떠도는 구름에 수를 놓았네.

6월이 오면

남도 바닷가 마을에
6월이 오면
청포도 익어가는 소리
사가사각 들리고

금계국 개망초 활짝 핀
굽이굽이 실개천 따라
빗장 열고 비상하는
풀벌레들의 유영(遊泳)

청보리 노랗게 익어가는
푸르른 들녘에는
청아한 뻐꾸기 소리
은은하게 울려 퍼지고

엄마의 고운 목소리
살포시 귓전을 맴도는
남도 바닷가 마을

그리운 내 고향

지금, 웃는 게 웃는 게 아니다

지금, 웃는 게
웃는 게 아니다

따스한 가을 햇살 때문에,
화사하게 물든
나뭇잎의 유혹 때문에
그저 미소 지었을 뿐,

잠시였지만, 고왔던 가을은
어느덧 이별을 노래한다

잡고 싶지만 떠나야 할 존재이기에
휘날리는 낙엽을 보며
쓸쓸한 이별을, 남겨진 미련을
그리움을 노래한다

아, 초라해진 나뭇가지에
걸터앉은 고독!

지금, 웃는 게
웃는 게 아니다

겨울비는 서글프게 내리고

반복되는 생활 속에서
나도 모르게 혼자가 되어가는
쓸쓸한 삶의 여정

세월의 무상함 속에
발버둥 쳐 보았던 순간들

희미한 가로등 창가에
겨울비는 서글프게 내리고

흐르는 눈물 속에
속절없이 무너져버린
가슴 시린 우리들의 슬픈 사랑

비 내리는 창가에
홀로 앉아서
무심코 그려보는 너의 얼굴

살포시 스며드는
그리움

눈꽃

겨울밤,
바람에 너울대는
촛불 하나
우두커니 서 있다

따스한 커피 한 잔에
언 몸을 녹이며
어두운 창가에 쌓여만 가는
하얀 눈을 바라본다

세상은 점점
하얗게 얼고 있는데

초라한 나목 위에
곱게 핀 눈꽃은
꿈속을 헤매고 있다

하얀 옷을 입은
겨울 신부라도 된 듯

그해 겨울, 낙산의 바닷가

유난히도 춥던 그해 겨울
하얀 물결 춤추던 낙산의 바닷가
빽빽하게 늘어선 푸른 노송 사이로
소박하면서 섬세한 예술의 향연

수백 년 역사의 흔적이던가
오랜 세월 수난에도 변함이 없네

바닷가 기암 사이로 파도는 밀려오고
찬 바람은 콧등을 스치는데

부둣가에서 소주 한 잔 기울이려니
투박한 아낙네의 입담에
해지는 줄 몰랐네

삶이란 무엇이던가
공수래공수거 아니던가

창파에 펼쳐진 노을 바라보려니
산사에서 들려오는 은은한 풍경 소리
풍파에 지친 나그네 쉬어가라 하네

혼술

함께 마실 상대가 없어서도 아니다
어느 날, 문득
세상에 혼자라는 생각에
흔들릴 때가 있다

비가 내리는 늦은 밤
어느 선술집에 홀로 앉아
왠지 낯설지 않은 소주잔과 마주한다

대화 상대라고는 우두커니 놓여있는
파란 소주병에 조그만 소주잔 하나

한잔 술에 첫사랑을 잊고
두 잔 술에 중년의 고독을 노래한다

술에 취하는 건지
세상에 취하는 것인지 알 수는 없지만
수십 년 세월이 흘러도
빠져나올 수 없는 혼술의 굴레

오늘도 괜한 헛웃음만 나온다

찬 서리 내리더니, 겨울이 왔다

앙상한 나뭇가지에 걸쳐있는
초라한 잎새 하나

붉은 노을 저무는 고개 넘어
휘돌아 불어오는
초겨울 세찬 바람에

가쁜 숨 몰아쉬더니
툭, 떨어져 아쉬운 생을 마감한다

찬 서리 내리는
어둠에 묻혀 버린 거리
길가에 희미한 가로등 아래
겨울바람이 불어온다

차가운 포옹으로 맞이하는
가슴 시린 계절

찬 서리 내리더니,
겨울이 왔다

마키아토 향기와 재즈

오늘처럼 소복소복
함박눈이 내리는 날이면
어둠에 짖은 창가에
살포시 앉아

라디오에서 흘러나오는
재즈를 감상하며
달콤한 마키아토 향기에
당신을 그려봅니다

커피와 잘 어우러진
잔잔한 클래식 재즈의
간절한 그리움은

애잔한 사랑이 되어
눈꽃으로 피어납니다

쓸쓸한 거리에 함박눈이
사각사각
내리는 밤이면 더욱

산다는 것

여름을 재촉하는 비는
유리창을 두드리고
늘어진 전깃줄 위에 한 쌍의 제비
젖은 날개가 힘겨워 보인다

아카시아꽃 흩날리는 이른 아침
비바람은 그칠 줄 모르는데
서로의 체온으로 감싸 안으며
힘겨운 시간을 견디고 있다

인간의 삶이라고 무엇이 다른가
살다 보면 세상 풍파 겪는 건
마찬가지 인걸

부부의 연으로 만나
숙명(宿命)으로 여기며
체온을 나누며 살아가는 거

산다는 것이
다 그런 거 아니던가

사랑은 소유가 아니었음을

바다를 삼킨 해무의 빗장
항구의 까만 새벽
길게 늘어선 가로등 불빛
하나 둘 고독에 묻힐 때

거친 손에 잔뜩 움켜쥔
욕심 때문에
미움 때문에
미련 때문에

쓰디쓴 눈물 삼키며
해변을 걷고 또 걷는다

사랑은 고집이 아니었음을
사랑은 소유가 아니었음을
깨닫지 못한 채 맞이했던
중년의 쓸쓸한 시절

아, 돌이킬 수 없는 현실
뒤늦은 후회

당신의 향기

꽃이 지고 봄이 떠난다고
당신을 잊을 수는
없겠지요

홀연히 당신이 떠난 뒤
휘파람새는 봄비 속에
외롭게 울고 있네요

봄비는 메마른 대지를
촉촉이 적시고
화사했던 하얀 벚꽃
아쉬움에 눈물 흘려요

꽃이 지면
향기는 사라지게 된다지만
봄이 떠난다고
어찌 잊을 수 있을까요

당신의 향기는
여전히 남았는걸요

아, 가을이여!

잠시 눈을 감았다가
차가운 이슬방울의 떨림에
눈을 떴습니다

얼굴을 가볍게 스쳐 지나는
서늘한 바람 사이로

힘겨운 매미의 울음소리와
하늘 높이 비상하는
가녀린 잠자리의
몸부림을 보았습니다

만월산 너머 흘러가는
흰구름 사이로
화사한 가을이 인사합니다

닫혀있던 시인의 펜심마저
흔들고야 마는 계절

아, 가을이여!

하얀 눈 내리는 아침

창밖으로 하얀 눈 살포시 내리는
소복한 겨울 아침

푸른 소나무 사이로 곱게 자리 잡은
문학산 등산로 따라 설레임 속에
새하얀 눈꽃이 피었습니다

음산한 골짜기를 휘돌아
역동적으로 불어오는 매서운 삭풍은
못다 핀 눈꽃 송이마저 삼킨 후
달아나 버렸습니다

오늘처럼 하얀 눈 내리는
소담스러운 아침이면
잠시 피었다가 지고 마는
슬픈 운명이 될지라도

하얀 눈꽃으로 태어나고 싶습니다
삭풍에 사라져 가는
한순간의 짧은 삶일지라도

가을, 그 쓸쓸함에 대하여

살포시 다가선 갈바람
파릇한 입술에
촉촉한 사랑 피울 때

외로움에 흐느끼던
나뭇잎 하나, 툭
힘없이 떨어지고 만다

아, 허공을 떠도는 낙엽!
외로움 하나,
외로움 둘,,,,,
한걸음 다가선 가을 속에
고독은 찾아오고

텅 빈 가슴에 남아있던
미련마저도
차가운 이슬 맞으며
사라져 버린다

가을, 그 쓸쓸함과 함께

옛사랑1

포플러 나뭇잎 아래
속삭였던 사랑

어느덧 세월은 흘러
인생의 뒤안길에
남겨진 흔적

기억의 저편 너머로
잊혀져간 사람

파아란 가을 하늘
흰구름 떠돌고
한줄기 가을 햇살
추억을 불러올 때면

포플러 나뭇잎에
그려보는
희미한 얼굴

옛사랑

옛사랑2

서걱서걱 봄비가 내리는
월미도 바닷가
유리창을 타고 흐르는 빗물은
어둑한 바다마저 가리고

바다가 내려다보이는
브런치 카페엔
고독만 깊어가는데
거침없이 밀려드는 파도에
방파제는 지쳐만 간다

비에 젖은 가로등
외로움에 취해 펼치는 불빛 춤사위

기억의 한 가닥이라도 잡아보려는
애틋한 심정으로
김이 서린 유리창에 그려보는
희미한 얼굴

옛사랑

미운 사랑

길가에 꽃잎
한 잎 두 잎 떨어지고
화려했던 그 몸짓
바람결에 사라졌네

혹한의 세월 견디고 핀
곱디고운 너의 사랑
한순간의 꿈이었던가

겨우내 숨겨둔
새색시의 고운 자태
봄비 따라 가버렸구나

몰래 떠난 미운 사랑
아쉬워도 말고 원망도 말아야지
모든 것이 자연의 섭리인걸

계절이 몇 번 바뀌면
또다시 만날
너와 나의 운명인걸

꽃창포 아래

지난밤, 숨죽여 울던 갈대는
떠나간 님 그리워 고개 숙이고

하얀 이슬 머금은
노란 꽃창포 잎새에는
시린 가슴 한가득 슬픔만 남아있네

함박눈이 내리던 그해 겨울
아무 말없이 흐느끼며 돌아서던 당신

망각의 세월 속에 던져진
인연의 굴레는
돌이킬 수 없는 아픔이 되어 버렸네

달 밝은 밤
꽃창포 아래 속삭이던
사랑 이야기는

결국, 가슴 아픈 너와 나의
슬픈 세레나데

그리움

오늘도 닫혀있는 당신의 창가에
하얀 안개꽃 고이 접어
살포시 기대어 서면

붉은 단풍 걸린 가지에
흰서리 내리듯
순백의 눈송이 같은
그대의 숨소리 들려오네

쓰디쓴 커피 한잔도
함께할 수 없는 현실에
애타는 이 마음

한겨울 매서운 찬바람에
아픈 마음 씻어 내리고
그립다는 말 한마디
시린 가슴속에 쌓고 또 쌓으니

그리움이 사랑이 되어
찰랑거리네

겨울 이야기

세찬 겨울바람 불어와
소나무 가지 위에 작은 눈꽃마저
아스라이 사라져 버리고

낡은 창가에 걸쳐있는
앙상한 가지에는
외로움과 고독만이 너울 된다

벌거벗은 나목에 숨겨진
지난가을의 잔영은
무심한 삭풍에 하나둘 잊혀져가니

얼굴을 스쳐 지나는
추억을 회상하며
겨울 이야기를 시작한다

사람이 없는 텅 빈 거리에
바람이 분다
겨울, 참 쓸쓸하다

가을이 떠나간 빈자리

나뭇잎 하나 둘 떨어지니
외로움도
쓸쓸함도
고독마저도 떠나려 한다

갈바람의 몸부림에
서걱서걱
슬피 우는 갈대

지난가을 불타던 너의 정열은
시나브로 사라지고
깊은 상처 부여잡고 방황하는
너의 모습

아쉬움 속에 투영되는
허무한 그림자

가을이 떠나간 빈자리엔
살며시 겨울이

그리움이 나를 부른다

그리움이
나를 부른다

남도 어느 바닷가
작은 마을에

코끝을 스치는
엄마의 분향기가
나를 부른다

금계국 곱게 핀
개울가에
여전히 남아있는
포근한 살내음

채마밭에 살포시 숨겨둔
엄마의 사랑

그리움이
나를 부른다

47

백두산(白頭山)

저기, 구름 위로 솟아있는
장엄한 모습을 보라!

수많은 시련을 함께 견뎌온
한민족의 영산(靈山),
한민족의 터전, 백두산의 위엄을

영겁(永劫)의 세월 속에
태곳적 모습은 아스라이 사라져 갔지만
가슴 깊숙한 심장까지 도려내는
상처를 입었어도
쓸쓸히 지켜온 민족의 정절(貞蠘)

두 동강 난 가슴 아픈 현실 속에
찾아보기는 힘들다지만
누가 감히 너를 장백(長白)이라 하던가!

가슴 깊이 솟아오르는
뜨거운 정열(情熱), 한민족의 혼(魂),
백두(白頭), 백두산(白頭山)이여!

겨울 애상

버스 안에서
희미한 창밖을 본다

밤을 지새운
가로등 불빛을 스치는
차가운 겨울바람은

마지막 남은 잎새마저
마침내
삼켜버리고 말았다

앙상한 나무에는
쓸쓸함과 외로움만이 남았을 뿐
쌓여가는 눈 속에는
얼룩진 허상만이 웅크리고 앉아있다

잔혹한 겨울은
그렇게 고독으로 무장한 채
점점 깊어만 간다

숲 속으로 달려간다

새벽부터 휘몰아친
세찬 비바람에
아카시아 꽃잎 하나 둘 떨어지고

때 이른 작별 인사에
못다 한 사랑 가득
상처만 남았을 뿐이라며

짧았던 인연이었지만 잊을 수 없노라고
이렇게 떠날 수 없노라고

마지막 남은 꽃잎의 힘겨운 춤사위에
향기마저 사라지니

앙상한 가지 서걱서걱 흐느껴 우는
아카시아 숲 속에서
그리움이 나를 부른다

가던 걸음 멈추고
숲 속으로 달려간다

제목 : 숲 속으로 달려간다
시낭송 : 박영애
스마트폰으로 QR 코드를 스캔하면
시낭송을 감상할 수 있습니다.

자화상

저기, 좁은 골목길
길게 누운 계단을 따라
무거운 보따리 짊어진 누군가
힘겹게 따라오고 있다

살며시 다가서려니
놀란 듯 뒷걸음치다가
또다시 따라온다

흐릿한 가로등 불빛 아래
검게 드리운
왠지 낯설지 않은 모습

욕심의 보따리
탐욕의 보따리
명예의 보따리
잔뜩 짊어진 검은 그림자

불빛 속에 드러난 얼굴
아, 슬픈 자화상

산다는 것, 별거 아니더라

뚜벅뚜벅 숨차게 걸어온 길
뒤돌아 회상해 보니
산다는 것, 별거 아니더라

누구나
한번 왔다 가는 것이
인생이라는데

물질 때문에
명예 때문에
힘겹게 살아온 지난 세월

잠시 마음을 비우고
움켜쥔 손가락 하나, 둘 펼쳐 보니

욕심은 사라지고
텅 빈 가슴에
어느새 사랑만 가득

산다는 것, 별거 아니더라

기억의 습작

깊고 깊은 고독만이 남겨진
텅 빈 가슴에
싸한 그리움으로 다가서는
보고 싶은 당신

질긴 고독마저도
사치가 되어버린 지금
남아있는 미련은
처마 끝에 매달린 채
가쁜 숨을 몰아쉽니다

아카시아꽃 휘날리던
어느 여름날
저무는 하늘 여린 낮달처럼
수줍게 다가와
사랑을 고백했던 당신

이제는
가슴 시린 추억으로 남겨진
기억의 습작들

중년이라는 이놈

아, 신록이 푸르르니
지난 시절 청춘이 그립구나

저 멀리 떠나버린 세월
시나브로 젊음도 가버렸으니
고독, 그 쓸쓸함에 대하여

한잔의 커피를 마시며
외로움을 달래 본다

흰머리가 늘어갈수록
감성은 무뎌지고
욕심의 보따리는 쌓여만 가니

아쉽게 흘러간 시간
뒤늦은 후회만
가시가 되어 존재할 뿐

중년이라는 이놈,
참 외롭다

폭설

눈이 내린다
소래산 작은 골짜기에
눈보라가 휘돌아 몰아친다

지칠 줄 모르고 따라오던
검은 발자국은
폭설 속에 사라져 버렸다

오랜 세월 소래산을 지켜온
은행나무마저도
한쪽 어깨가 처져있다

거리 위에 자동차,
하늘을 덮었던 아파트,
그리고 사람마저도
하얀 눈 속에
잔뜩 웅크리고 앉아있다

검게 그을린
욕심만 짊어진 채

봄 향기

새하얀 눈꽃 아래
나뭇가지가
외로움에 떨고 있다

가로등마저 슬피 우는
쓸쓸한 겨울밤

달빛 머문 창가에는
정적만 남겨진 채
싸한 고독이 흐르고

텅 빈 거리를 떠도는
메마른 낙엽은
따스한 봄을 기다리는데

겨울새 구슬피 우는 새벽
살포시 들려오는
엄마의 고운 목소리

성큼 다가온 봄 향기

올가미

당신 앞에 서면
나는 고개 숙인 꽃잎

사랑이 떠나 버린
어느 여름날

시들은 꽃잎이 되어
하나 둘 툭툭 떨어지니
사랑도 가고
계절도 떠나 버리고

사랑 찾아 떠도는 꽃잎만이
휑한 거리를 맴돌 뿐

그리움 속에 조여 오는
사랑이라는
서글픈 올가미

아, 보고픈 당신

홍매화 필 무렵

한겨울 찬바람 속에
연지 곤지 새색시 홍매화여!
산고의 고통인 듯
붉게도 물들었구나

소나무 가지에 피어난
소담스러운 눈꽃은
순백의 향연을
환상 속에 펼치는데

홍매화 필 무렵이면
돌아온다던 당신
떠난 사람은 소식이 없네

홍매화의 선혈 속에
수줍게 피어났던
떨리는 첫 키스의 추억

결코, 돌아갈 수 없는 시절
보고픈 얼굴

파도

저 멀리 성난 파도가 몰려온다
지난겨울
함께 거닐던 그 바닷가

사랑을 시샘하는 거친 비바람은
파도의 숨죽였던 감성을
깨우고야 말았다

바위를 쉼 없이 때리던
매서운 파도는
모래 속에 숨겨둔 사랑마저 삼킨 후
홀연히 사라져 갔다

쓸쓸한 겨울 바닷가에
거친 파도가 밀려올 때면
생각나는 그 사람

정처 없이 왔다가
미련 없이 떠나버린
파도 같은 사랑

텅 빈 거리엔 가로등만

까만 장막을 가르고
세찬 눈보라 몰아치는 겨울밤

아무 말없이 야속하게
미련만 남기고 떠난 당신

야윈 나목에 머물던
나뭇잎 하나 툭, 떨어지더니
그대 향한 그리움에
허공을 맴돌고

고독 속에 묻혀버린 외로움은
마른 낙엽 위에 누워있다

어둠 속에 겨울은
점점 깊어만 가는데

거세지는 눈보라 속
텅 빈 거리엔
쓸쓸히 가로등만

전곡항에서

바닷물이 떠나 버린
검은 갯벌 위로 겨울바람이 분다

인적이 끊어진 전곡항
텅 빈 포구에 홀로 남은 갈매기
구슬피 울고

상처 많은 고깃배는
파도만 애타게 기다린다

불 꺼진 포구에 세찬 바람 몰아치니
바다도 얼고
마음도 얼고
사랑도 얼어 버렸다

모두가 떠나 버린
쓸쓸한 포구에
또다시
눈이 내리고 있다

달맞이꽃

비바람 몰아치는 길가에
흐느끼는 달맞이꽃

가냘픈 어깨 들썩이며
무엇이 서러워
저리도 슬피 우는가

고운 입가에 흐르는
하얀 눈물은
아마도
보고픈 임을 향한
애타는 눈물이리라

거칠게 다가서는
빗줄기조차도
감히 범접할 수 없는
고귀한 너의 자태

비 내리는 새벽
아, 보고픈 임이여!

낙엽

모든 것을 내려놓은 듯
수척한 모습으로
외로움에 방황하는 고독한 존재

바람이 불면 부는 대로
떠돌 수밖에 없는
애처로운 너의 운명

한때는 많은 사람의 사랑을 받던
멋스러운 너였지만

삶의 뒤안길에 선 지금
무심한 발걸음에
초라해진 너의 모습

지난가을 화사했던
새색시의 고운 자태는 사라지고

거리에는
싸늘한 갈색 추억만

세월, 참 무상하다

저 산 너머
홀연히 가을이 간다

앙상한 가지에 머물던
마지막 잎새마저
바람에 떨어져 길을 잃고
거리를 떠돌고 있다

결코, 잡을 수 없는
너였기에
쓸쓸히 떠나는
너의 뒷모습 바라보며
겨울을 기다린다

지나간 추억을
회상할 틈도 없이
성큼 다가온 겨울

가슴이 시리다
세월, 참 무상하다

뒤늦은 고백

휘파람새 구슬프게 울던 그날 밤
당신이 떠난 후
여울목 가에 꽃창포는 점점 시들어
생을 다하고 말았습니다

고백 못 한 애절한 사연
마음속에 간직한 채 이별을 맞았기에

세월이 흐르고
중년의 나이가 되어도
그리운 마음은 더욱 깊어만 갑니다

만날 수는 없어도 그대 향한 사랑은
변함이 없습니다

눈 덮인 자작나무 아래 뒤늦은 고백은
설익은 입맞춤 속에
잊혀지고 말았습니다

아, 잃어버린 사랑!

사는 게 다 그런 거라고

가을이 떠나가니
거리를 떠돌던 낙엽도
하나, 둘 사라지고

화사했던 모습도
황홀했던 사랑도
언제부터인가 타인이 되어
주변을 서성이고 있다

싸한 가을비 속에
동박새는 구슬피 우는데

사람들은 그저 쉽게 말하지
가을이 가면
겨울이 오는 거라고
낙엽이 지면
눈이 내리는 거라고

사는 게
다 그런 거라고

제목 : 사는 게 다 그런 거라고
시낭송 : 박영애
스마트폰으로 QR 코드를 스캔하면
시낭송을 감상할 수 있습니다.

초가을 단상

떠나야 할 시간도 망각하고
슬그머니 뒷걸음치는 안쓰러운 여름

그렇게 비바람이 스쳐 지나간 뒤
사랑하는 여인네의 은은한 분향기처럼
가을은 소리 없이 다가왔다

노랗게 익어가는 이삭 속에
움츠렸던 메뚜기는 가을을 노래하는데

때늦은 매미의 울음소리는
타들어 간 실고추처럼
메마른 가지 위에 누워있다

지난여름 상처는 가슴에 묻어버리고
잔가지에 걸쳐있는 미련은
가을바람에 실려 보내리

아, 시련을 견디고
고독 속에 찾아온 가을!

가슴 아픈 강이 있습니다

세월이 흘러도
마음에 남아 있는
가슴 아픈 강이 있습니다

메마른 입술 사이로
촉촉한 사랑 남겨주고
흘러가 버린
가슴 시린 강입니다

꽃이 지고 여름이 와도
인적 없는 강가엔
고개 숙인 갈대만이
서걱서걱 흐느껴 웁니다

또다시 강가에 꽃이 피고
뻐꾸기 둥지 틀 때면
조각배 하나 띄워 보내려 합니다

애타는 그리움
행여나 전해질까 봐

섬

세찬 비바람 몰아치는
선미도의 푸른 바다

기나긴 세월 거센 파도에
가슴 깊숙한 심장까지 도려내는
상처를 입었어도

짧지 않은 인고의 시간을
쓸쓸히 지켜온 정절(貞節)

태곳적 모습은 간데없지만
초연한 너의 모습에
바람조차 숙연하구나.

순수했던 시인의 펜 끝은
영겁(永劫)의 세월 속에
무뎌지고 말았으니

일엽편주(一葉片舟) 너야말로
만경창파에 옥이로구나

춘몽(春夢)

만월산 골짜기 휘돌아
세차게 불어오는
쌀쌀한 겨울바람은

텅 빈 가슴을
더욱 아리게 하고

봄을 애타게 기다리는
시인의 마음마저
고독의 늪에 빠지게 한다

앙상한 가지에 피어있는
하얀 눈꽃은
매정한 삭풍에 생을 다하고

꿈에라도 화사한
봄의 향연을 갈망하는
욕심 많은 시인의 펜 끝은

아무런 말없이
멍하니 하늘만 바라본다

그렇게 겨울은
슬픈 사연 가득 안은 채
점점 깊어만 간다

제목 : 춘몽
시낭송 : 박영애
스마트폰으로 QR 코드를 스캔하면
시낭송을 감상할 수 있습니다.

꽃창포 첫사랑

아무 말없이 떠난 사람
그 모습, 그 향기는
세월 속에 잊혀가지만
애틋한 추억만은
가슴속에 남아있습니다.

방황의 늪 속에 빠져서
몸부림치면 칠수록
잊고 싶은 지난 시절이
희미한 영상 속에
더욱 아른거립니다

꽃창포 아래
달콤했던 당신의 입술,
설레이던 첫사랑은
아련한 추억이 되었습니다

고즈넉한 덕수궁 돌담길

빛바랜 벤치에는

고독만이 홀로 남겨진 채로

석양을 바라봅니다

세월이 가면

우리의 시절도 떠나가고

당신과의 슬픈 인연은

가슴 시린 사랑이야기로

기억될 것입니다

잊지 못할

꽃창포 첫사랑으로

제목 : 꽃창포 첫사랑
시낭송 : 박영애

스마트폰으로 QR 코드를 스캔하면
시낭송을 감상할 수 있습니다.

적막(寂寞)

주인 없는 산사에
풍경소리 너울대고
개여울 갈대밭에
두견새 슬피 우는데

솔숲 가지 위에
하얀 달 걸칠 때면
이른 새벽 적막함이
고독을 외면한다

흘러간 강물처럼
돌아앉은 연민
빛바랜 나뭇잎에
살포시 실어 보내니

나목(裸木)은 생기를 잃고
마침내
속살마저 드러낸다

상실의 계절

멈추지 않는 시간
어김없이 찾아온 상실의 계절

흰머리가 하나, 둘
늘어 갈수록
사랑, 이놈 때문에
너무도 가슴이 시리다

존재의 이유조차도
망각 속에 저당 잡혔던
미완의 그 시절

돌이킬 수 없는 미운 사랑
가슴 속 아린 추억
그리고 남겨진 깊은 상처

뒹구는 낙엽 속에
잠시라도 숨겨둘까나
애타는 이 가을이
저물 때까지

해무(海霧)

까만 새벽
얼굴을 스쳐 지나는
차가운 바닷바람

저기, 성난 파도 너머로
하얗게 밀려오는
길 잃은 나그네 무리
발목을 적시우고

호기심에 다가서면
수줍은 듯 사라져 버리는
너란 존재

여명이 밝아오고
어둠마저 물러가니
가슴 깊이 파고드는
싸늘한 고독

떠나버린 사랑은
갯벌 저만치에 누워있다

봄처녀

달빛마저 숨죽인 언덕
서걱서걱 울던 갈대
하얀 밤 홀로 지새우고

풀잎에 맺힌 이슬방울
살포시 창가에 앉아
수줍은 듯 고개 숙이는데

때 이른 봄 향기에
새색시 마냥 설레는 산자고
홀로 지새운 기나긴 밤

삭풍이 잠시 머물다간
앙상한 가지 위에
마지막 잔설이
슬피 울며 떠날 때면

아리따운 봄처녀
행여나 님 마중 오시려나

이별

하얀 물안개 피어나는
스산한 호숫가
이슬방울 머금은 풀잎
봄바람에 흩어지고

고즈넉한 벤치 위에
뒹구는 꽃잎은
이별의 서러움에
갈 길을 찾지 못한다

봄비 속에 울던 갈대
그리움에 애가 타고
봄 향기 떠나 버린 자리
쓸쓸함만 남았으니

임 만난 휘파람새만
사랑을 노래한다

꽃이 나를 부른다

꽃이
나를 부른다
아카시아꽃이
나를 부른다

꽃잎이 떨어지니
바람을 멈춰달라고

꽃향기가
나를 부른다
아카시아꽃 향기가
나를 부른다

꽃잎이 떨어지니
향기가 사라진다고

이내 뛰어가 보지만
텅 빈 자리엔
미련만 덩그러니

얼굴

석양이 짙게 물들수록
더욱 또렷해지는
그리운 얼굴

잠 못 들어 뒤척이는
고독한 어깨너머로
또 하루가
흔적 없이 사라진다

사랑을 잃어버린
공허한 마음
깊고 깊은 침묵만이 흐르고

캄캄한 어둠 속
떠도는 밤하늘의
별을 보며
그려보는 당신의 얼굴

보고 싶은 얼굴,
사랑하는 사람이여!

가을이 떠날 때까지

움츠렸던 가슴
마음의 빗장을 활짝 열고
만추를 느껴 봅니다

화사했던 단풍마저
초라한 낙엽이 되어
거리를 떠도는
쓸쓸한 모습을 보면서

욕심을 내려놓고
미움을 내려놓고
고집도 내려놓았습니다

낙엽에 머물러 있는
그리운 얼굴은
그저 잠시
잊으려고 합니다

가을이 떠날 때까지

가을, 참 슬프다

가을이 저만치 간다
갈바람에 몸부림치는
가련한 너의 모습
피할 수 없는 이별의 시간

가을이 가려나 보다
새벽이슬에 떨고 있는
앙상한 너의 그림자
희미한 등불에 걸쳐있고

화사했던 지난 시절은
시나브로 사라지니
상처만 남겨진
초라한 너의 모습

아, 바람이 분다
가을이 떠나간다
외로움에 떨고 있는 너

가을, 참 슬프다

가는 세월

영홍대교 너머 펼쳐진
자욱한 안개 무리는
무엇이 서러워
저리도 촉촉이 젖었는가

저 멀리 갯벌 끝자락
안갯속에 숨은 태양은

아스라이 사라져간
추억의 잔영에
애써 몸부림치는데

수로에 낚싯대 드리우고
가는 세월 잡아보려니

야속한 세월은
저만치 달아나고
욕심만 낚고 말았네

도도했던 그대여

하얀 백합화보다도
순결하였고
붉은 장미보다도
언제나 화사했던 그대여!

도도했던 그 아름다움도
흐르는 세월만큼은
어쩔 수가 없었나 보다

길고도 모진 풍파 속에
범접할 수 없었던
양귀비의 고운 자태는
사라져 버렸으니

회한의 고독이 담겨있는 눈가에
서러움 가득한 잔주름만
애써 아름답구나!

백리향

떠난 임 보고 싶어
깊은 산골 바위틈에
사랑꽃 곱게 피워냈나

소담스러운 모습 속에
남몰래 숨겨 둔
곱디고운 너의 자태
향기마저 은은하구나

지난밤 맺힌 이슬
풀잎 흠뻑 적시고
동박새의 사랑 노래
숲의 적막 깨울 때

살포시 그리움 담아
곱게 피운 임의 향기
백 리도 멀다 않고
천 리까지 가려 하네

코스모스

메마른 돌 틈
사이로
활짝 웃는 코스모스
수줍은 듯 춤사위에
붉게 물들고

가을향기 실어 오는
실바람은
코끝을 스쳐 가네

노랑나비 하얀나비
사랑을 노래하면

불타는 내 입술은
어느새
너를 삼켜 버리네

동백꽃

떠난 임이 그리워
매서운 눈보라 속에도
봄을 재촉하는 몸부림인가

한겨울
모진 추위에도
빼어난 자태 잃지 않고
홀로 붉게 물들었네

선연한 붉은 입술은
임을 향한 서글픈 고백

수줍음에 떨리는 꽃잎
향기마저 애처롭다

학암포 바닷가에서

기다려주는 사람 없는
학암포 바닷가에 홀로 앉아
고독한 삶의 여정을
푸른 바다에 던졌습니다

여름이 떠난 쓸쓸한 바닷가엔
홀로 남겨진 갈바람만이
떠돌이 파도를 반겨줍니다

먼 여행길에 지친 하얀 물결도
어둑해진 포구에 누워
잠시 숨을 고르고 있습니다

저 멀리 수평선 위로 펼쳐지는
역동적인 붉은 노을은
고개 숙인 시인의 펜 끝에
힘을 주며 속삭입니다

게으른 글쟁이가 되지 말라고

미련

이별 뒤에
남겨진 미련 때문에
눈물을 흘리고

그 눈물은 또 다른
사랑이 되어
가슴을 아리게 한다

슬픈 이별일수록
티끌만큼의 미련조차도
남기지 말자

생의 마지막 순간까지
평행선을 달려야 할
운명이라면

중년의 사랑

낙엽이 진다
한잎 두잎,
시들어 버린 사랑이
툭툭 떨어진다

고독한 시절,
쓸쓸한 시절,
아픔의 시절이
조용히 다가왔다

사랑도 가고
사람도 잊혀진
싸한 중년의 그리움!

남겨진 애증
남겨진 미련마저도
외면해 버린 계절

낙엽 따라 가버린
가슴 시린
중년의 모진 사랑

가을과 함께 떠난 당신

바람에 떨어지는 낙엽을 보며
너무나도 그리운
당신을 생각합니다

은행나무 휘돌아 안겨 오는
당신의 향기를 느끼며
사무치도록 보고 싶은
당신을 그려봅니다

홀로 지내온 것이
어느덧 습관이 되었기에
당신의 존재를 잠시 망각하고
세상 속에 육신을 맡겼습니다

길가에 고독한 가로수는
찬바람에 점점 야위어만 가고
가을은 점점 저물어 갑니다

아, 가을과 함께 떠난 당신
사랑하는 그대여!

아, 깊어만 가는 가을!

가을이 깊어가는 광화문
정동길 언덕 넘어
고즈넉한 덕수궁 돌담길

애처롭게 떨어지는 낙엽 사이로
가을은 점점 깊어만 간다

추억 속에 거닐던 돌담길 사이로
새색시처럼 곱게 차려입은
오색의 단풍을 보며 그려보는
떠나간 옛사랑

얼굴을 스치는 가을바람이
오늘따라 유난히
서글픈 느낌이 드는 것은
그리움 때문이던가

아, 깊어만 가는 가을!
애증만 남겨둔 채로 사라져 간다
아쉬움만 남겨 두고

가을에

다락에 묵혀둔
닳고 닳은
벼루에

손목이
시리도록
먹을 갈고 갈아

소래산 고개
넘어가는
새하얀 구름에

붓을 휘감아
그려본다

보고 싶은 얼굴
당신을

낙엽을 밟으며

가을이 오면
떨어지는 낙엽을 밟으며
사랑을 속삭이고

뜻하지 않은 이별에
눈물도 흘리며
가슴 아린 사랑을 노래한다

잎새를 스치는 갈바람과
고독한 시인의
가슴 시린 사랑 이야기는
한 편의 시가 되고
잊지 못할 추억이 되는데

애타는 간절한 사랑도
가을 앞엔 어쩔 수 없나 보다

생을 마쳐지고야 마는
낙엽마저도
저리도 서럽다 울고 있으니

술 익는 마을

달빛도 고요하게
그리움을 가득 안고

설레는 마음은
머나먼 고향 어느 하늘을
맴돌고 있다

대추나무 가지 위에
휘영청 둥근달 걸려있는
그리운 내 고향

바지런한 엄니손에
동태전, 깻잎전은
채반에 고이 담겨있고

정성으로 빚은 송편은
자태를 뽐내고 있다

해마다 이맘때면 들려오는
술 익는 소리, 그리고
엄마의 목소리

아침 이슬

아무 말 없이 서성이다가
새벽을 적시며
쓸쓸히 떠나간 당신

그리움에 흐르는 눈물
아침 이슬이 되어

내 님 홀로 가시는 길
구름 속에
살며시 머물다가

한 줄기 바람이 되어
떠나는 당신
잠시라도 붙잡고 싶어

애몽(哀夢)

서걱서걱 우는 갈대
무심히 뒤로하고
금계국 개망초 활짝 핀
부소산성 오르는 길

가녀린 보슬비
살포시 어깨 두드릴 때
늘어진 고목 위 뻐꾸기
애몽(哀夢)에 빠져있다

삼천궁녀 한이 서린
피맺힌 낙화암에
고란사의 풍경소리
구슬프게 울려 퍼지니

백마강 달빛 아래
천년을 떠돌던 일엽편주
그리운 임 찾아
서쪽으로 떠나간다.

바닷가의 추억

노을 곱게 물들고
은빛 물결 노래하는
지난여름 바닷가 백사장

밀려온 하얀 파도 속에
살며시 숨겨 둔
우리 둘만의 추억

그리움이 어깨를 두드려도
돌아앉은 그 시절,
쓸쓸한 잔영(殘影)만 떠돌 뿐

준비 없는 이별,
그리고
기약 없는 평행선을
걸어야만 하는
그리운 사랑 이야기

지난여름 바닷가의
슬픈 세레나데

여름 애상

여름을 재촉하는 빗속에
화사했던 꽃잎마저 떨어지고
얼굴을 스치는 모래바람은
어느 여름 바닷가의
잊혀져간 사랑을 노래한다

파도가 밀려오는 바닷가 백사장
쓰러져가는 모래성을
못내 아쉬워하며
우연이 아닌 필연으로 다가왔던
가슴 시린 사랑 이야기

하얗게 쏟아지는 밤하늘의
별을 헤아리며
예쁜 미소 짓던 그 사람

수줍던 그녀와의 입맞춤은
황혼이 물든 텅 빈 가슴에
추억의 잔영(殘影)으로 남아있는
어느 바닷가의 여름 애상

텅 빈 가지에 향기는 남았어도

툭툭 치는 봄비에
어쩔 줄 몰라
떨고 있던 하얀 벚꽃
허공에 흩어지고

휑하니 텅 빈 가지에
향기는 남았어도
고독마저 돌아앉은 현실

상처 입은 살결마다
스쳐 지나가는
화사했던 지난 추억의 잔영

떨어지는 꽃잎 구슬피 우는
봄비 내리는 날
텅 빈 가슴에 남겨진
쓸쓸한 모습들

오월이 오면

짝 잃은 소쩍새
밤새워 슬피 우는
오월이 오면

달빛 창가에 머문
라일락꽃 고운 향기는
떠날 줄 모르고

소담스레 휘날리는
아카시아 꽃잎
순백의 춤사위에
하얀 밤을 홀로 지새운다

달빛 곱게 물든 가야금의
매혹적인 붉은 선율은
방황하는 시인의
엷은 시심마저 자극하니

아, 오월의 푸르름은
더욱 깊어만 가는구나!

아, 장미화여!

기나긴 겨울 떠나니
그리운 임 찾아
봄바람에 실려 왔나

연지곤지 새색시
촉촉한 붉은 입술
뛰는 가슴 어찌하나

홍조 띤 꽃잎 사이로
붉게 물든 노을은
세월 속에 저당 잡히고

원망 속에 솟은 가시
그리움만 가득하니
가는 세월 야속하다고
속정마저 어이 잊으리

아, 정열의 화신
사랑하는 장미화여!

찔레꽃

한 여인의 서러운 운명이
붉은 열매로 승화하였고

바다보다 넓은 마음은
눈같이 새하얀 꽃이 되었네

해맑은 햇살을 연모하여
따스한 남도 마을
산기슭 골짜기마다
연분홍 꽃향기로 물들였는가

수백 년 한이 서려
바람에 실려 온 너의 향기는

갈 길 먼 나그네의
무거운 발걸음마저
애써 더디게 하는구나

운명(運命)

싫다고 떠난 사랑에
미련 두지 말고
남겨진 사랑 때문에
눈물 흘리지 말자

만남과 헤어짐은
인생을 이어주는 사슬이고
또 다른 출발점이니

한 잔 술에
외로움을 떨쳐버리고
두 잔 술에
그리움을 지워버리자

어차피 너와 나
무심히 흐르는 강물처럼

결코 돌아올 수 없는
망각의 삶 속에
살아야 할 운명(運命)이기에

쓸쓸한 겨울, 그 바닷가

저 멀리 바다를 보라
사나운 파도가
거침없이 몰려온다

지난겨울
함께 거닐던 그 바닷가

쉼 없이 바위를 때리던
성난 파도는
생채기만 가득 남긴 채
홀연히 사라지더니

어느 날, 문득
고개 숙인 시인의 가슴에
가벼운 설레임으로
살포시 다가왔다

쓸쓸한 겨울, 그 바닷가
고독을 잠재워 줄
싸한 추억으로

징검다리

재 너머 솔숲 사이로
갈바람이 불어올 때면
개골산 넘어 뚝방길엔
외로운 잿빛 노을
고개 숙인다.

밭일 가신 우리 엄마
하얀 갈대 길게 늘어선
송사리 뛰어노는
여울목을 건너오실 때

엄마의 다리가 되어주던
알록달록 징검다리

개울가에 우두커니
엄마를 기다리는 소년은
잔잔한 물그림자에
물수제비 띄워 보낸다.

떨어지는 낙엽을 따라
세월은 흘러가고
엄마 따라 조심조심 건너던
징검다리에 홀로 서니

행여나 빠질까 봐
작은 손 꼭 잡아주시던
엄마의 손길 그리워

산마루 흰구름 흘러가는
은빛 개울가에서
목놓아 불러본다

그리운 엄마를

그 후로도 오랫동안

당신이 남기고 간 사랑 때문에
까만 밤을 하얗게 지새우고

당신이 남기고 간 정 때문에
일 년 열두 달 가슴이 아팠습니다

미움이 쌓여 그리움이 되었고
남겨진 애증은
고독으로 남았습니다

앙상한 나무를 스치는 겨울바람은
하얀 눈꽃과 어우러져
사랑을 노래합니다

오늘처럼 순백의 향연이
살포시 펼쳐질 때면
당신과의 추억이 떠오릅니다

당신의 향기가 사라진
그 후로도 오랫동안

철길

끊임없이 반복되는
미지(未知)의 여정 속에
인연을 맺은 우리

비가 오나 눈이 오나
외로움이 몰려와도

마치 전생(前生)에
누군가 정해놓은 삶처럼
만날 수 없는
너와 나의 인연은

닿을 듯 말 듯
착각 속에 빠진 채

이생을 다하는 날까지
그저 떠돌아야 하는
숙명인가 보다

홀로 된다는 것

겨울비 내리는 밤
소주 한잔 후에 도착한 아파트엔
나를 닮은 그림자가 길게 누워있다

젊은 날, 유난히 왕성했던 감성은
세월의 톱니바퀴에 무뎌지고

뒤돌아볼 겨를도 없이 달려온 삶 속에
세월은 훌쩍 떠나버리니

흰머리가 늘어날수록
회한의 눈물이 흐르는 것은
홀로 된다는 것에 대한
막연한 두려움 때문이던가!

겨울비 내리는 싸늘한 밤,
포장마차에 걸터앉아
나 홀로 건배하며 삼켜야 하는

쓰디쓴 소주 한잔이여!

제목 : 홀로 된다는 것
시낭송 : 박영애
스마트폰으로 QR 코드를 스캔하면
시낭송을 감상할 수 있습니다.

110

어느 겨울에

딸아이들 손잡고
공원 가는 길

가지에 핀 눈꽃송이
활짝 웃는데

겨울바람 불어오니
눈물 납니다

아장아장 걸음마
어제 같은데

커갈수록 멀어지니
눈물 납니다

길

돌이켜 보면
다른 길이 있었던 것도 아닌데

되돌아갈 자신도 없으면서
오늘도 난
지나온 시간만 후회한다

아, 이 길은 아닌데
하면서도
후회하며 살아가는 것이
인생인가 보다

흰머리가 하나 둘
늘어갈수록
언젠가 꼭 한번 걷고 싶은 길을
내 맘속에 그려 본다

고개 숙인
인생의 뒤안길에서

나의 연인 홍매화여!

찬바람 모질게 불어
못 오시는가
눈보라에 가로막혀
못 오시는가

한겨울 혹한에도
굽히지 않는 너의 정절
정열의 화신
나의 연인 홍매화여!

인고의 세월
한 맺힌 꽃망울마다
뜨거운 선혈 가득한데

늦겨울 햇살 속에
활짝 핀 입술
속정만 가득하구나!

아버지의 의자

집안을 정리하다 보니
창고에서 눈에 익은 낡은 의자가 나왔다

이곳저곳 수리한 못 자국을 보니
세월의 흔적이 느껴진다
생전에
아버지가 사용하시던 의자이다

툭툭 먼지를 털어내고 앉아 보니
삐그덕 삐그덕 요란한 소리와 함께
맥없이 주저앉고 만다

아버지를 뺏어 간 세월은
야속하게도
남은 흔적마저 지우려 한다

자식들을 키워보고
그 자리에 서 보니
더욱 크게 느껴지는 아버지의 빈자리

함박눈이 살포시 내리는
오늘 같은 날이면
애잔한 그리움이 너울대고
쓸쓸함이 흰머리에 쌓여만 간다

나이는 못 속이나 보다

복수초

얼마나 외로우면
저리도 서럽게 울고 있나

저 멀리 남쪽에서 불어오는
따사로운 바람은
어느덧 봄을 노래하는데

지난겨울이 남겨놓은
묵은 올가미조차도
풀지 못한 너의 모습이
너무도 가련하구나

애처롭게 피어난 눈망울마저
촉촉이 젖은 채

고개 숙인 시인의 펜심에
거부할 수 없는
차가운 유혹으로 다가서는
너란 존재

제목 : 복수초
시낭송 : 박영애
스마트폰으로 QR 코드를 스캔하면
시낭송을 감상할 수 있습니다.

갈색 추억

낙엽이 한잎 두잎 떨어지는
만월산 오르는 길
스산한 숲에 홀로 선 오동나무

오색단풍이 붉게 물든 어느 가을날
낯선 나뭇가지를 스치는
외로운 갈바람은
고독한 시인의 슬픈 사랑을 이야기한다

가을 햇살 내릴 때면
오랜 연인처럼 찾게 되는 오동나무

옛 추억을 탐하는 시인의 독백은
떨어지는 갈잎의
속절없는 넋두리가 되고
때론 그리움이 되고

가슴 아린
갈색 추억이 된다

달팽이의 삶

어기적어기적
풀잎에 매달린 채
이슬방울 떨구는 달팽이

시끌 버끌 돌아가는
험난한 세상에서
달관한 듯, 체념한 듯

흐르는 강물처럼
유유자적 살아가는
너의 모습 속에

어지럽게 투영되는
나의 하루

어기적어기적
뒤처져도 후회 없다

달팽이가 되어보자
오늘만큼은

신선대에 올라서니

자, 들어보라
석양 아래 출렁이는
하얀 물비늘의
소리 없는 절규를

지난밤
거칠게 몰아치던
파도의 광란도

멋스럽게 펼쳐진
자연의 섭리에
어쩔 수가 없나 보다

더럽혀진 어깨 위에
탐욕만 가득 지고
신선대에 올라서니

세상은 간데없고
회한의 눈물만이
하염없이 뚝뚝

바람의 언덕

남해 도장포
어느 바닷가 마을

나지막한 노자산
바람이 부는 언덕 아래
오랜 세월 해풍에도
생을 이어온 동백나무

상처 난 수피에는
고독한 연륜이 묻어있고
주름진 가지마다
서글픈 사연 가득하네

황량한 바람의 언덕
한겨울 추위에도
핏빛 꽃망울
탐스럽게 펼치더니

누구를 유혹하려는지
속정만 가득

이놈의 사랑

양철 지붕을 때리는 빗줄기가
적막을 깨우는 아침

그리움이 사무쳐
차디찬 가슴을
모질게 파고 들어옵니다

비가 몹시 내리던 어느 여름날
눈가에 흐르던 빗물은
아린 눈물이 되어

오늘까지 가슴속에 가시가 되어
깊은 상처로 남았습니다

당신이 떠나간 후
야윈 나목 위에
그리움만 쌓이고 또 쌓이니

참, 어렵습니다
이놈의 사랑.

봄비 맞으며

오랜 기다림 속에
봄바람 난 새색시 마냥
꽃단장을 하였건만

떨어지는 꽃잎
또르르 흐르는 눈물
화사했던 지난 시간은
아스라이 사라지고

서글픈 봄비 맞으며
쓸쓸히 떠나가는
초라한 너의 뒷모습

떠나야 할 인연이면
정들지나 말 걸
짧았던 너와의 만남
아쉬웠던 시간

비에 젖은 매화꽃
서글피 우는 봄처녀

깊어가는 가을

서걱서걱
흐느껴 우는 낙엽

거리를 휘돌아 부는
싸한 갈바람에
산산이 부서져 버리고

바람이 전하고 간
엄마의 향기는
밤하늘에 그리움으로
남아있다

따스한 커피가 그리운
스산한 가을밤,
쓸쓸함 뒤에 밀려오는
가슴 시린 그리움

아, 깊어 가는 가을
고독한 시인의
텅 빈 감성이여!

추억 속에 멀어져 간 당신

차가운 겨울바람이
옷깃을 스쳐 지나갑니다

갈바람에 떠나간 당신
길고 긴 겨울
눈물 속에 밤을 지새우는 건
아니신지요

어느덧 중년이 되어 버린 지금
심장이 멎을 것 같았던
이별의 모습이 아른거려
가슴이 아려오지만

한겨울 모진 추위 속에도
생명력을 잃지 않는
숭고한 인동초의 삶처럼
그렇게 살아갑니다

추억 속에 멀어져 간 당신
행여나 돌아올까 봐
눈보라 몰아치는 바닷가에서
소리쳐 불러봅니다

미워도 미워할 수 없는
그리운 당신을

그림자

사랑하는 사람의
그림자가 되어보자

해가 서서히 물러가고
노을과 함께 하루의 피로가
쓸쓸히 몰려올 때

사랑을 속삭이며
살며시 노크하는 그림자

살아 숨 쉬는 그날까지
가슴 시린 이별도 미움도
존재하지 않는 그런 사이

미움이 더하면 더할수록
장미꽃 향기 유혹하는
오늘만큼은

사랑하는 사람의
그림자가 되어보자

꽃이 떨어지니

꽃이 떨어지니
싸한 고독이 다가온다

설레이던 봄의 향연은
가슴 아린 그리움 가득 안고
홀연히 사라져 가니

야윈 고독에 남겨져 있는
아련한 미련마저도
머물 수 없는 시간 속에
모질게 돌아앉고 말았다

고백 못한 사연은
석양 속에 저물어만 가고
임 찾는 소쩍새는
달빛 아래 흐느껴 운다

봄바람에 뒹구는
떠도는 꽃잎마저도.

잊지 못할
그리움 하나

김수용 시집

2021년 3월 4일 초판 1쇄
2021년 3월 8일 발행
지 은 이 : 김수용
펴 낸 이 : 김락호
디자인 편집 : 이은희
기 획 : 시사랑음악사랑
연 락 처 : 1899-1341
홈페이지 주소 : www.poemmusic.net
E-Mail : poemarts@hanmail.net

정가 : 10,000원
ISBN : 979-11-6284-270-6